# 她看見了天使

文 / 羅乃萱　　圖 / 郭當

## 前言

　　人的相遇真的很奇妙，正如本書的兩位主人翁，相距千里，卻因著一份愛而結緣。

　　我與本書作者羅乃萱，亦相知相識多年。乃萱近年致力關心社會及服務本地家庭，推動家庭和諧和親子教養。因此，適逢香港世界宣明會在2022年，與大家一起以愛傳承希望已經六十個年頭，我們特別邀請乃萱，改編一個蒙古貧困小女孩與她香港助養者的真實故事，讓大家了解一份看似平凡，卻非常真摯細心的關懷，如何幫助遠方孩子改善家庭環境，讓她得以健康成長，勇敢追夢。

　　讓孩子無論身處何方，面對任何困境都能在愛中成長，一直是宣明會每天竭力去做的事情。而我們深盼透過此書，讓你不僅看見一個小女孩心中的天使，更願意踏出一步，與我們一起給世界多一點愛與希望！

香港世界宣明會總幹事

馮丹媚

# 序
# 我相信天使在人間

你相信人間有天使嗎？我信。因為我曾遇過，在面對人生幽谷的日子，在大病臥床不能走動的日子，甚至最近確診在家隔離的日子，我都深深感受到人間天使的愛。

天使是怎樣的？不一定有翅膀，但有一顆願意主動關懷別人的心，並伸出援手，化成行動。他們不單看到自己的需要，更看見別人的需要。

我常鼓勵身邊的人，特別是受過天使幫助的，要多走一步，關懷身邊的家人、鄰舍、朋友，甚至遠方有需要的人。

所以一直以來，我跟我的家人都是宣明會的助養者。每趟收到孩子寫來的近況報告或聖誕賀卡，都會想：會否有天可以跟他們見面，來個愛的擁抱？所以當收到宣明會的邀請，要為一個助養者潔如醫生與受助者塔娜寫一個繪本故事，便義不容辭答應。特別看到她倆擁抱的那一幕，潔如醫生就像「代表」了我們這些助養者，給那些身在遠方，活在艱苦貧乏中的孩子帶來安慰與鼓勵。

我深深被潔如醫生這種「天使」的精神所感動。作為一位家庭教育工作者，深願作為家長的，可以鼓勵孩子助養，並引導他們多關懷身邊的人，學習培養他們有「我們」（We）的視野與關懷，實踐愛人如己的真理。

家庭發展基金總幹事

羅乃萱

「到底，這片草原外的世界是怎樣的？」

　　生於蒙古大漠草原的塔娜，每天躲在蒙古包裡，
看著哈日雅琪*外的天空，遙望著遠方的天際，就會
想像家鄉以外的世界，到底是怎樣的。

*「哈日雅琪」即是蒙古包的天窗

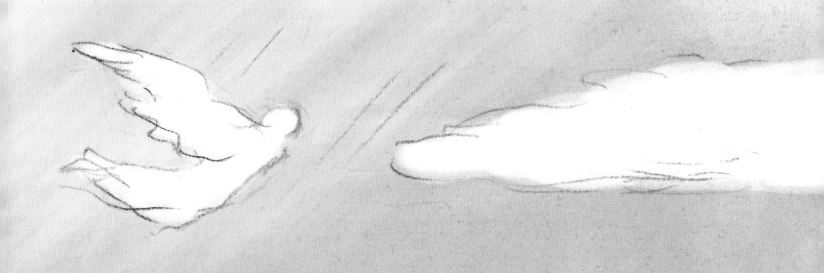

突然，她見到天空的那朵雲，像極了一位天使。

塔娜心想：「這世界真的有天使嗎？」

　　塔娜是一位蒙古族的
女孩子，爸爸在她六歲那年，
就離開了她跟媽媽。從此，
她就跟著媽媽生活。

　　塔娜的媽媽，每天都
要到街上收集鐵罐、酒瓶、
牛糞和煤炭等，變賣後賺錢
養家。

每天，塔娜都會問媽媽：「今天又收集到**什麼可以變賣的好東西嗎？**」只是她們所住的地方那麼窮困，撿到的實在不太多。

日子一天一天過去，塔娜看見媽媽辛苦工作，帶著疲累的身軀回家，她心想：「這樣的苦日子，還要熬多久呢？」

塔娜閉上了眼睛。

她知道再怎樣問媽媽，媽媽也說不出答案。

她在想：「如果這個世界有『天使』，她會來幫助我嗎？」

「宣明會來辦縫紉小組，你會來一起參加嗎？聽說還會教我們一起做小生意賺錢，你可能不用再撿破爛了。」住在隔鄰的姨姨開心地走過來問塔娜的媽媽說。

塔娜看著連忙點頭的媽媽，心裡在想難道姨姨就是天使？

　　媽媽去了縫紉小組的時候，塔娜
總愛坐在家門前，望著遠方。

　　這天，她收到一封來自香港的信，
是一位名叫潔如的醫生寫給她的，
信中充滿問候與關心。塔娜看罷感覺
溫暖，立刻回信給她。自此，她們就
成了筆友。

塔娜常常希望收到她的來信，因為她在信裡，就好像「天使」一般溫柔地關心塔娜。這天，潔如醫生在信裡問道：「你在學校有甚麼要好的同學嗎？」

塔娜實在不知怎樣回答。原來同學們覺得塔娜的眼睛很奇怪，有些還替她取了一個綽號，叫「斜眼怪」，對她諸多嘲笑，沒有人願意跟她做朋友。

有一趟，老師要求塔娜要雙眼直視她說話，她就是做不到，最後被老師評為「沒禮貌」，令塔娜沮喪極了，更想閉上了眼睛，不再去看別人。

其實潔如醫生之前收到塔娜寄來的照片，發覺她的雙眼不能直視，憑經驗懷疑塔娜患上斜視。但她不想草率發問傷害了塔娜的自尊，便旁敲側擊從塔娜的學校生活問起。

潔如醫生知道塔娜的情況後，
深感難過，回信時說：「你一定要
試試做手術，因為只有這樣，才會
為你帶來新的開始！」

塔娜聽從潔如醫生的建議，在她的資助下，很快就做了手術，塔娜不再時常閉上眼睛。因為她終於能夠看清楚這個世界，也沒有人再說她是「斜眼怪」了！

她還拍了一張近照給潔如醫生看。醫生看到照片，大讚她是一位明眸皓齒的美女：「You are so beautiful !!!」

媽媽也很開心塔娜不再
害怕看著別人，她從沒有看過
這麼有自信的塔娜。

還有宣明會給縫紉小組提供了衣車,讓她們可以一起做小生意,塔娜和媽媽再不用去撿破爛了。

其實，塔娜心底
還有一個小小的願望，很想
告訴潔如醫生。這天，她終於鼓起
勇氣，向她和盤托出：

「媽媽一直患有心臟病。每趟見她進出醫院，我都心驚膽跳，生怕她會一病不起，不能回家。心中就想，如果有天我能當上醫生，就可以治好媽媽的病了！」

潔如醫生回信鼓勵塔娜說：「很欣賞
你的夢想。只要努力用功讀書，有志者
一定事竟成。我會全力支持你的！」

塔娜讀到潔如醫生所寫的，本來只有
一絲絲的信心，瞬間強大起來，感覺像打了
支強心針似的，比以前更用功讀書，並考
上了醫科。

塔娜畢業了，終於夢想
成真，她要和潔如醫生一樣，
成為一名好醫生。

這天，塔娜有機會到香港一遊，跟潔如醫生見面。兩個人一見面，就像久別重逢似的興奮，大家緊緊的擁抱著，激動得說不出話來。

因為塔娜終於親眼看見了「天使」，正是幫助她醫治眼疾，並且一直寫信鼓勵她的筆友──她的助養者潔如醫生！

塔娜看著潔如醫生，說：「我真是個幸運的孩子，能遇上你這位『天使』，改變了我的一生。」

潔如醫生緊握著塔娜的手，說：「你將來也一定能成為一位出色的醫生，成為幫助別人的『天使』。」

你又可有想過，自己也能成為別人的「小天使」呢？

## 真實故事
# 我真的看見了天使

　　本故事的兩位主角確實真有其人，塔娜原名是康芙，她自小在單親家庭中長大，酗酒的父親在她六歲時離家出走，母親靠收集廢物變賣養家，勉強餬口。一年級時，康芙成為香港世界宣明會的助養兒童，陸續收到米、麵粉和學費等。後來一場無情火摧毀了她和媽媽的家，他們獲資助住進新的蒙古包，開展新生活。

小時候的康芙因為眼疾，常常被同學嘲笑為「斜視妹」，令她非常難堪。

　　「我的助養者是個善良的人，她不僅助養我，更會寫信給我。」康芙說的助養者是潔如醫生，她透過宣明會先後助養多名貧困兒童。潔如當年從康芙的照片看出她的眼疾問題，便寫信鼓勵她勇敢接受治療。康芙最終獲資助手術費，眼疾完全康復，不再斜視，這也成為她生命的轉捩點。

　　康芙一直沒有談及自己的夢想，直至知道潔如任職醫生後，才首次透露自己的夢想是當醫生，「媽媽患有心臟病，我有眼疾，從小到大都很想幫助人，後來得到潔如的鼓勵，我更想好像她一樣幫助他人。」潔如沒想到，康芙這樣重視自己的鼓勵，還努力裝備自己：「康芙很聽話，她的成績一年比一年進步。因為所讀高中沒有生物科，她就自修，以投考護士。」康芙因眼部肌肉較弱，看書很容易疲勞，但她仍然勤奮讀書，畢業後成為護士，後來更報讀醫科，向夢想邁進。

康芙及後有機會來港與潔如見面。康芙最深刻的是二人初次見面，潔如便先為她檢查眼睛，關心她的健康情況。康芙說：「潔如就是我的天使，我常常想，自己就是她出了國讀書的女兒。」潔如則說：「未必每一個助養孩子都可以像康芙一樣實現夢想，正如我們子女的將來是怎樣，我們也不知道。但只要給他們一個機會，一點鼓勵，就可以建立一個小朋友，我覺得非常有意義！」

在香港見面時，潔如（左）為康芙穿上醫生袍，讓她初嘗成為醫生的滋味。

# 讓我們都學習做天使

我們每個人都能夠好像潔如醫生一樣，成為別人的「天使」！

家長可以鼓勵孩子多關心身邊的人，多分享自己所擁有的，多為別人送上關懷與鼓勵，同時亦可透過**「助養童伴」計劃**，與子女一起了解世界上其他孩子的需要，讓他們成為同行的好伙伴。孩子成為助養童伴，可以探索世界、學會分享、珍惜所有：

• 獲配對一名年紀相若、同月出生的助養兒童，透過書信彼此建立友誼，結伴成長

• 透過孩子資料冊、周年進度報告等，認識並了解助養孩子和社區的發展情況

• 獲頒發「助養童伴」嘉許狀，以示鼓勵

現在就瀏覽「助養童伴」網頁，透過影片、專題等教育資源，與孩子一同放眼世界吧！

瀏 覽 網 頁